Tal Nitzán

Atlântida

Prefácio
Guilherme Gontijo Flores

Traduções do hebraico:
**Moacir Amâncio, Luiz
Gustavo Carvalho
Guilherme Gontijo Flores
Flavio Britto
Luca Argel
Maria João Cantinho
Maria Teresa Mota
Tal Nitzán**

Dados Internacionais de Catalogação na Publicação (CIP)
(Câmara Brasileira do Livro, SP, Brasil)

Nitzán, Tal
      Atlântida / Tal Nitzán ; prefácio Guilherme
Gontijo Flores. -- 1. ed. -- Belo Horizonte, MG :
Ars et Vita, 2022.
      ISBN 978-85-66122-14-5
      1. Poesia hebraica I. Flores, Guilherme Gontijo. II. Título.

22-128789   CDD-892.43

Índices para catálogo sistemático:
1. Poesia : Literatura israelense em hebraico 892.43
Aline Graziele Benitez - Bibliotecária - CRB-1/3129

ISBN 978-85-66122-14-5

1ª Edição - **2022**

ÍNDICE DOS POEMAS

Vê	14
"Dos confins da cidade"	15
"Já conheces o caminho"	16
O terceiro filho	17
Outro passo	18
História curta	19
Duas casas	20
Noite	21
Instruções	22
Tarde e menininha	23
O canário	24
Montanhesco	25
Quatro rapazes, talvez cinco	26
Graça	27
Rua Ibn Gabirol. Tamuz. Futuro do Indicativo	28
No tempo da cólera	29
Coisa silenciosa	30
Khan Yunis	31
Poços	32
Carro com égua	33
Acalanto mutilado	34
Arrancado	35
Cobertura	36

D. bateu sua cabeça	37
(Acalanto)	38
Se	39
DMNT	40
"A verdade e eu"	41
Resposta à tua pergunta	42
"Toda vez que posso sair"	43
De repente	44
"No estreito bote"	45
"Quem nasceu sem uma língua mãe"	46
"No caminho da escola pública"	47
Em que terra	48
A sonâmbula	50
A ministra da solidão	51
Um milímetro pra saída	52
Seu rosto	53
Possibilidades	54
Isso	55
Tishrê	56
Noturno	57
Amor	58
Um quadro	59
"Acreditar que nos transformaremos em amor"	60

Ternas mandíbulas	61
A primeira a esquecer	62
Fraqueza	63
Atrás das árvores	64
"No fim do sono"	65
Troféu	66
Tesouro	68
O que me pediram para levar	69
Por exemplo	70
Amanhã	71
A pergunta	72
A luz	73
Outro noturno	74
Lamento	75
A anca do rio	76
Empobrecida	79
Vazio de nós	80
Quarto Número 10	82
O ponto da ternura	83
Assim	84
Dias fechados	85
"O santo fraco"	86
Atlântida	87

CORTAR AINDA O MUNDO
Guilherme Gontijo Flores

Vez por outra, pequenos turbilhões passam despercebidos, ou quase. Em 2013 foi publicada a antologia *O ponto da ternura*, de Tal Nitzán, pela editora Lumme em parceria com o Festival Artes Vertentes – Festival Internacional de Artes de Tiradentes, com traduções de Moacir Amâncio, e outras traduções adicionais de Maria Teresa Mota, Flavio Britto, Maria João Cantinho, Luiz Gustavo Carvalho, Luca Argel e da própria Tal Nitzán. Pouca gente parece ter reparado no tamanho daquela poesia, que chegava ao formato de livro em língua portuguesa, como que reunindo parte do que estava esparso e ampliando o corpo poético com o trabalho de Amâncio. Efeito disso é que Nitzán, mesmo publicada no Brasil, permanece uma ilustre desconhecida. E só nós mesmos temos (muito) a perder com isso. Esta nova edição, devidamente ampliada com várias traduções de Luiz Gustavo Carvalho e umas poucas minhas, dá para nós a chance de (re)descobrirmos essa potência viva e violenta.

Para quem não conhece, Tal Nitzán é poeta, editora e tradutora israelense nascida em Jafa, porém, figura cosmopolita na obra e na vida, carrega uma bagagem cultural absolutamente significativa: já morou, por exemplo, em Buenos Aires, Bogotá e Nova York, antes de se estabelecer mais definitivamente em Tel Aviv, o que lhe rendeu um domínio singular do espanhol e do inglês, fora um conhecimento alto do nosso português, que ela acompanhou em várias das traduções aqui presentes. Certamente é o que fez com que se tornasse uma tradutora reconhecida, sobretudo do espanhol para o hebraico, incluindo autores do naipe de Jorge Luis Borges, Julio Cortázar, Gabriel García Márquez, Antonio Machado, Federico García Lorca, Juan Carlos Onetti, Pablo Neruda, Octavio Paz, Alejandra Pizarnik, César Vallejo, etc. Isso parece lhe dar uma percepção muito singular de que o mundo é muito grande, muito diverso e, por essa razão, cheio de repetições com pequenas e ínfimas variações, que nos conclamam a um ato ampliado na linguagem e no pensamento. É precisamente isso que encontro em sua obra: uma esfera em que a política se faz na maior atenção à estética e à ética.

Até o momento, Nitzán já lançou sete livros de poesia: *Doméstica* (2002, prêmio do Ministério da Cultura de Israel para livro de estreia), *Uma noite comum* (2006, prêmio da Associação de Editores de Israel), *Café soleil bleu* (2007), *A primeira a esquecer* (2009, venceu o concurso da Sociedade de Artistas e Escritores de Israel), *Olhar a mesma nuvem duas vezes* (2012, prêmio de poesia da Universidade Hebraica), *Até o átrio interior* (2015, numa edição bilíngue hebraico-inglês, em parceria com o artista israelense Tsibi Geva) e *Atlântida* (2019, prêmio de poesia da Universidade Bar-Ilan), isso sem falar nos dois romances, uma coletânea de histórias e seis livros infantojuvenis. Sua poesia já foi traduzida para mais de 20 idiomas, tais como castelhano, francês, italiano, lituano, português etc.

O pequeno livro anterior, *O ponto da ternura*, uma antologia de 40 poemas tirados de 4 livros seus, foi majoritariamente traduzido por Moacir Amâncio diretamente do hebraico, mas também conta com versões realizadas por outros autores que já mencionei, e por vezes junto com Tal Nitzán (sempre como parceira de algum lusófono). Aquele volume, seu pequeno turbilhão, me pegou em cheio. Tanto que, pouco tempo depois tive a chance de traduzir alguns poemas de Nitzán em parceria com ela própria; e também pouco depois acabei usando dois versos como epígrafe do meu livro *carvão :: capim*, e que estão aqui mais uma vez, quase como um mantra, ou um projeto poético: "cortar o mundo / com uma lâmina de beleza", tirado do poema sem título "Acreditar que nos transformaremos em amor". Claro que não era então, nem sou hoje, capaz de contrastar original hebraico e tradução; tudo que traduzi foi a partir de Tal, dialogando com ela, usando traduções ao inglês nas quais ela tinha colaborado, e tentando devolver poesia por poesia a partir de uma poça de equívocos onde qualquer um pode se afogar. Mesmo assim, nas traduções que chamarei aqui de semiindiretas (minhas e de outros), como vocês bem podem conferir por conta própria, esses poemas têm um impacto maciço e sólido, um baque verdadeiro de linguagem sobre o corpo. Em outras palavras: a poesia de Tal Nitzán nos atinge em português com essa lâmina de beleza.

Penso que a força da sua poesia reside no estreitamento entre o espaço público e o privado, principalmente porque ela vem escrevendo há vinte anos no e para o contexto em que vive, com os constantes conflitos entre judeus e palestinos, para ficarmos num exemplo gritante — e a desigualdade óbvia de forças entre esses dois povos. Essa potência crítica está clara já em títulos de poemas como "Khan Yunis" (um subúrbio de Gaza), ou no desenvolvimento de "Tishrê" (trata-se do primeiro mês do calendário hebraico, quando se realiza o *Yom Kipur*, o Dia do Perdão). Convém lembrar que a poeta é também uma ativista engajada pela paz entre Israel e Palestina, e que já organizou a antologia *Com caneta de ferro: poesia de protesto israelense 1984 – 2004*, onde reuniu textos contra a invasão de território palestino por Israel. Em 3 de agosto de 2014, ela chegou a dar uma entrevista em português para o jornal *O Globo* condenando os ataques israelenses a Gaza.

Nos poemas desta antologia há momentos de uma força única e rara. Em "História curta", a espera pela redenção — expressa pela angústia que aperta traqueia e peito — se perde diante dos retornos infinitos do mal, numa espécie de ciclo de carmas representados pelo cotidiano de formigas, queimaduras e cortes de faca na cozinha (a banalidade do cotidiano, inversamente, atinge o cerne do mal). Na última estrofe, com dois símiles, atinge o ponto:

> O que soava como chuva era lixo da construção
> jogado num monte de detritos,
> o que soava como um gemido era um gemido.
> Há tempos precisamos de uma nova desgraça
> para acabar com o que sobrou da nossa desgraça.

O lixo da construção num monte de detritos soa como a chuva; o gemido soa como gemido; em resumo, o segundo símile não é símile de nada — o gemido não se compara a outra coisa que o alivie como imagem, mas nos fere diretamente. Daí o desejo de uma desgraça para acabar com todas as desgraças, porque o ciclo da violência não terminará num declínio suave em nome do bem.

Já em poemas como "Graça", a fusão entre vida pública e privada é ainda mais violenta: vemos o fracasso de um *tu* (o leitor, a poeta, o estado — não há clareza) em sanar a fome do pobre, as desgraças contínuas de uma vida de guerras (impressionante como os imperativos negativos evocam os Dez Mandamentos agora pelo viés da impotência diante do mal), que assim só pode retornar ao lar — na estrofe de um só verso, ponto de virada do poema — em busca do afeto possível, representado na imagem de um gato amarelo, que é o dono da casa.

> Volta-te então para tua casa
>
> para aquele que te ama
> para o único que é teu
> para o apelo amarelo nos seus olhos estreitos
> e enterra o teu rosto em seu pelo.
>
> Uma carícia
> para um gato
> no mundo.

Num eco de Gênesis 22 ("Toma agora o teu filho, o teu único filho, Isaque, a quem amas"), esse retorno ao afeto possível, entretanto, não é *mero fracasso*, porque é talvez ali que se inicie um ponto de ternura que reverta a lógica do massacre. É até provável que essa esperança no amor/afeto apareça como máquina de reversão/compensação do mal histórico e cotidiano, como lemos em "Assim", quando em contraposição à alegria de um gato ou de crianças (incapazes de saber "como a dor ataca"), surge a figura da poeta que permanece como fiel aluna de piano, "pela música, ou pela fragilidade", alguém que assim preserva o amor em tempos de alienação & guerra:

> Que brava paciência
> teve o frágil professor de piano, como,
> quando os demais o deixaram um por um,
> olhar para baixo, eu permaneci a última
> pela música, ou pela fragilidade,
> as mãos ainda apertam o livro
> quando os olhos se fecham,
> assim deve-se preservar o amor
> porque, como uma estrela, ele nos abriga nas noites
> mesmo morto.

Há um clima de persistência na derrota, como o de alguém que se apega a isso como a uma tábua de salvação (se lembramos de "Alguns gostam de poesia", da polonesa Wisława Szymborska): é preciso preservar o amor, mesmo morto. E isso está muitas vezes em se perceber inteira, com um coração que palpita diante dos escombros, como no brevíssimo poema "Assombro", que faz parte das obras novas desta antologia:

> Toco o coração,
> está inteiro.
> Toco outra vez.

A epígrafe de Vallejo que abre o poema ("Toco o botão da felicidade, / está maduro"), longe de ser mera ilustração literária, é o ponto dialógico do poema: ele é deriva dessa percepção do "botão da felicidade", quando aparece maduro. O coração está inteiro, ele conclama por novos toques; esse se afirma nessa inteireza madura, onde a felicidade pode medrar.

Não é à toa, portanto, que Tal Nitzán escreve poemas amorosos (ou que se permitem à leitura como poemas de amor) que revigoram nossa tradição. É o caso, por exemplo, de "Tesouro". Nos primeiros versos, temos uma série de ataques, em crescendo: no inverno, um habitante do jardim (do Éden? um simples animal? um palestino?) tem seu cobertor arrancado; um do grupo "não verá o dia" para dar calor a outro ser; em seguida, numa cena primaveril, vemos coquetéis Molotov incendiando casas assinaladas com jardins de infância de refugiados africanos (aqui os sentidos são menos equívocos); por fim, surge a poeta buscando se aninhar no corpo amado, "como um menino se abriga na amoreira". É uma comparação inusitada: que abrigo uma amoreira poderia oferecer, além de um esconderijo e do seu alimento? Trata-se, então, de um abrigo frágil, ameaçado, de quem não quer "ver nuvens de veneno e de ocaso". Ao fim desse cenário de perdas, resta o casal que se deseja a sobrevivência pela pobreza já anunciada, sem pele, sem casas, sem abrigos:

> Que mais te direi.
>
> Que és na minha pobreza o tesouro oculto
> que a mão deles não alcançará.
>
> Que eu seja na tua pobreza o tesouro oculto
> que o saber deles não alcançará.

Ser um tesouro oculto contra a mão deles, contra o saber deles. E quem são eles? Não haverá resposta simples. Ser uma lâmina de beleza para cortar o mundo. Mas sem nunca esquecer, como no poema "A anca do rio", que "a beleza se entrega até tentarmos agarrá-la: /escapa então como a sombra de um esquilo entre os troncos"; que "a beleza carece de sentido e de propósito". E que por isso mesmo, como em "Troféu", não interessa buscar a beleza do que se conservará intacto e perfeito para sempre.

Atlântida

VÊ

Não é um banco verde no quarto das crianças
é um crocodilo
não é um crocodilo
é o futuro:

Eis o movimento lento dos seus olhos
Eis o terrível bater das suas mandíbulas

Mas onde estão as crianças?
Este não é mesmo o quarto das crianças
Este é o quarto da infância.

Eis que tu te encontras nele
em teu vestido pequeno e a tua boca fechada
e todo o teu crocodilo diante de ti.

◆

Dos confins da cidade sai um caminho
e no fim do caminho tem um bosque
e na ourela do bosque tem uma cerca
e por trás dessa cerca tem uma cabana

Se vivesse a menina na cabana
que está por trás da cerca
na ourela do bosque
no fim do caminho
que sai dos confins da cidade
estaria ainda mais só?

◆

Já conheces o caminho
plano e inocente da ida
íngreme e sinuoso da volta
e mesmo assim te levaste dali pela mão
e cruzaste o umbral da casa onde
os sons dos pardais e da chuva não podem penetrar,
onde cada manhã, já sabes,
cavarás teu caminho de regresso a ti
num deslizamento de rochas
e vagarás entre os quartos rastreando
o gemido fraco ou o silêncio
da bebê transparente, sempre
a mesma, minúscula, que tu
não esqueceste e tu não
privaste e só tu
podes salvar.

O TERCEIRO FILHO

Eu sou teu filho desconhecido.
Sou o negativo
entre teus dois filhos de olhos azuis
que resplandecem contra a minha negritude.
Eu sou teu esquecido, teu esvaído, teu enxotado.
Ajoelho-me — enquanto eles fecham os olhos
e estendem as mãos para o presente —
como que implorando
pelo golpe que não virá.
Alimento-me do rastro de cacau que deixam,
do farfalhar dos embrulhos.
À noite me encolho na quina
de suas camas, onde bichinhos de pelúcia
os envolvem
feito abrigo contra o mal,
à espreita do ritual noturno,
quando pisares cega nos meus dedos do pé,
e te curvares para nivelar-lhes os grossos cobertores.
Ao fechares os olhos
(verdes como os meus!)
rastejarei sob tuas pálpebras e murmurarei:
"Mamãe".
Se tentares banir o pesadelo de meu rosto
descobrirás
com vergonha
que nem sabes o meu nome.

Outro passo

Como bom menino precavido
enquanto o resto pula do alto
eu refreio o salto no parapeito
porque mamãe ficará triste
mesmo que às vezes não exista parapeito
mas a voz trêmula dela
mesmo que meu lugar seja lá embaixo
na folhagem negra sem chão —

É proibido mais um passo —
que não se apavore o coraçãozinho dela
que ela não saiba
como eu posso mergulhar e como
eu sei morrer de fome e como
sem pestanejar eu machuco
não só meu joelho

e é proibido que ela saiba que tudo
o que ela expulsou
e cercou com o próprio corpo
à noite incha e rasteja de volta para mim,
mais fiel do que todo o seu amor.

História curta

Entre nós já não há quem se lembre
há quanto tempo esperamos
pela onda branca e cega que apagará o
que basta lembrar para que volte
a nos apertar o peito de manhã
e a traqueia à noite.

Porque o enxame de formigas repelido
volta a enegrecer nossa casa, e a água fervente
das xícaras de porcelana atinge nossos rostos,
e facas, enjoadas da carne dos morangos,
agora procuram os dedos.

Quando se acalmarão os pedaços de papel que
circulam pelo ar, se aquietarão
no pó inúteis farrapos de sortilégio?

O que soava como chuva era lixo da construção
jogado num monte de detritos,
o que soava como um gemido era um gemido.
Há tempos precisamos de uma nova desgraça
para acabar com o que sobrou da nossa desgraça.

Duas casas

◆

A casinha inclina a cabeça
como um cavalo abandonado
no campo, sob a chuva.
Os raios dilaceram seu pescoço.

◆

Entro na casa
como no gesso um joelho fraturado,
como um protetor
entre as mandíbulas do boxeador.

NOITE

O ronronar da máquina benfazeja,
nossas roupas, utensílios ou palavras giram dentro dela.

O peso leve da menina ficará pesado de sono
quando ela for levada de cama em cama.
O livro que ela agarra será tirado de sua mão.

A esta hora meu corpo se divide em muitos inimigos
no olho do gato.
Se eu repreender, ele atacará. Se eu não repreender,
ele atacará.

Hoje mesmo mais um caiu baleado à sua porta. As plantas da casa
descaíram as folhas como quem lava as mãos, ou se desculpa:

"Daqui em diante vocês estão sozinhos."

Instruções

Se a dor não passa com 1 tablete
2 tabletes podem servir
mas não exceda 6 tabletes
em 24 horas.
Se 48, 72 horas já se foram
e os tabletes terminaram
e a dor ainda não passou —
você passa pra ela,
veja o quanto ela precisa de você,
transforme-a num quarto, numa poltrona,
entregue-se a ela.

◆

Mas quem vai dar comida pras crianças?
perguntei alarmada um momento
antes de deixar a água me cobrir.

TARDE E MENININHA

Acordas com as bochechas em chamas
e a face contraída pela tristeza do despertar.
Uma dor de três anos:
Sentindo as dores que ainda te aguardam.
O que poderia ter te consolado?
Sigo digitando com uma mão,
acariciando-te com a outra.
Não pensas em mim —
talvez num doce ou leão,
quem sabe, um trem.
Eu tampouco penso em ti —
em um janeiro frio e triste
que se encolheria entre mim e a tela
se não tivesses te esgueirado aqui.
Agora a impaciência começa a se agitar em ti.
E em mim:
atrapalhas-me escrever o poema sobre ti.

O canário
(Design de Interiores)

Mudaremos o canário da cozinha para o banheiro
mudaremos o computador da varanda para a cozinha
o menino com seu quarto mudaremos para a varanda
empurraremos nossa cama para o canto de seu
quarto colocaremos a menina no espaço que sobrar
arranjaremos mais um meio-expediente
arranjaremos mais um meio-empréstimo
renunciaremos a mais uma hora de sono
pediremos uma última prorrogação
varreremos do coração
a amada memória
do carro roubado
da carteira perdida
da janela quebrada
e se estiver apertado afastaremos
e se estiver amargo adoçaremos
e se estiver quase rachando
estenderemos os braços apertando tudo.

Montanhesco

Acabou o gás de cozinha ou algo assim
quem lembra por que
subi no telhado
num dia em maio
um dia que espalhava sobre o céu um lençol
a tom de mostarda de uma laranja de uma bomba H
e o longo e árduo anseio pela chuva
cresceu feito um uivo vindo dos estacionamentos
até placas de satélites
lá altas moradias me cercaram
lá os castelos de lordes me sitiaram
Torres Summit Torres Tel Aviv
Torres Sheraton City
Cimos Gindi e Cidadelas Yoo
e aquele predinho feito um falo
e sob a sombra das torres
parecendo uma floresta tesa de $ $ $
suas garras arranhavam a terra vazante
e suas testas planas nos céus amarelados
eu refleti no apartamento dezoito andares abaixo
sobre a graça revivida a cada ano
sem opções de renovação no contrato contra um
depósito de seguro
sobre o cenário incansavelmente autorrefinante
que um dia
num baque rápido e certeiro
será arrancado que nem tapete
debaixo de meus pés.

◆

Quatro rapazes, talvez cinco, sacodem um automóvel,
seus rostos deformados pelo gozo da destruição.
Sob suas rodas se afunda um abismo.
Dentro do automóvel está teu filho.
O automóvel se inclina.
Desolação ao redor, desolação
em ti sem tentá-lo, já sabes,
nenhuma voz irromperá de tua garganta.
Que farás?

Quatro rapazes, talvez cinco, sacodem um automóvel,
Sob suas rodas se afunda o abismo.
O garoto no automóvel não é teu filho.
Teu filho está fora com eles,
seu rosto deformado pelo gozo da destruição.
Que farás?

GRAÇA

O insulto da fome ao pobre tu não aplacarás
e o desvelo do vingador tu não acalmarás
e a casa a ser demolida tu não protegerás com teu corpo
e o carrinho da bebê impulsionado ao céu por um redemoinho
tu não apanharás nem baixarás suavemente
e o reino do mal tu não expulsarás.

Volta-te então para tua casa

para aquele que te ama
para o único que é teu
para o apelo amarelo nos seus olhos estreitos
e enterra o teu rosto em seu pelo.

Uma carícia
para um gato
no mundo.

Rua Ibn Gabirol*. Tamuz**. Futuro do Indicativo

Moedas mergulharão no case do músico
com a arrogância de uns trocados, pés
chafurdarão nos restos da manifestação
tudo que foi pregado e gritado será varrido
a vida é mais forte
o quarteirão é cruzável
o verão é outra história
todo lugar que pisar a planta do meu pé***
o asfalto estará rasgado
da Rua Manne à Rua Alharizi uma chaga de entrada
e uma de saída, a noite descerá
também seu breu brumoso, cidadãos descerão
com ou sem cão, a vida é mais forte
ou não, tratores, martelos, furadeiras
se calarão, noite e estrada se encontrarão
como duas portas que batem e fecham.

---

* Ibn Gabirol — avenida de Tel Aviv, nomeada a partir do grande poeta e filósofo judaico-espanhol do séc. XI, Solomon Ibn Gabirol. A avenida e o quarteirão Rabin, localizado bem no meio, são pontos de muitas manifestações. Uma delas, em 1995, terminou com o assassinato do primeiro ministro Yitzhak Rabin.
** Tamuz — décimo mês do calendário hebraico, que em geral coincide com julho.
*** "todo lugar que pisar a planta do vosso pé" — Deuteronômio 11:24.

No tempo da cólera

Estamos frente a frente,
de costas voltadas às desgraças do mundo.
Atrás de nossos olhos e cortinas fechados
espalham-se de repente
a vaga de calor e a guerra.
O calor será o primeiro a apaziguar-se,
um vento ligeiro
não trará
os adolescentes baleados,
nem esfriará
a ira dos vivos.
Mesmo que demore a chegar
o incêndio virá
"Torrentes de água não poderiam extinguir"* etc.
As nossas mãos, elas também,
só alcançam os nossos corpos:
somos uma pequena multidão
instigada a morder, a agarrar,
a barricar-se na cama
enquanto no ozono
por cima de nós
alastra um sorriso zombeteiro.

---

* "Torrentes de água não poderiam extinguir o amor, rios não poderiam apagá-lo."
— Cântico dos cânticos 8:7.

Coisa silenciosa

Nada mais silencioso
do que os golpes que se abatem sobre os outros,
não há ameaça mais inofensiva
à paz de espírito satisfeito.
É muda a derrota nos seus olhos,
os seus braços
permanecem imóveis.

Que silêncio agradável.

A não ser por um ruído agudo, penetrante,
que perturba sobretudo pela manhã,
não se pode abafá-lo facilmente
com o sussurro relaxante das folhas do jornal.

Antes que se amontoem as ruínas sobre eles
já estarão sepultadas sob o suplemento de variedades
a xícara de café pela metade,
a batida de porta

em nossa casa,
que continua em pé.

Khan Yunis*

O gato será repreendido e expulso para o terraço,
o arranhão na mão de meu filho será beijado,
mas o teu filho caçula conhece horrores
que não se apagarão com um beijo.
Orgulho da família! Só tem dois anos
e já sabe gritar para a mamãe que se abaixe
quando os tiros voarem para dentro da casa.
"A janela da qual virá o vento,
fecha e deita para descansar",
tu citas, mas nossas balas eficientes
atravessam portas, paredes, vidraças. Ao vento, oscila agora
a placa eivada de tiros
com tua advertência ingênua:

> Atenção! Famílias moram aqui!
> إنتبهوا ! عائلات تسكن هنا!
> Attention! Families live here!

E dos reservatórios furados
a água escorre pelas faces da casa.

---

* Khan Yunis — subúrbio de Gaza.

Poços[*]

Nossas mãos ~~não~~ despejarão a água[**]
nossas mãos ~~não~~ bombardearão os tanques
nossas mãos ~~não~~ perfurarão a tubulação
~~não~~ destruirão as reservas
as plantas de purificação ~~não~~
esvaziarão os poços

E diante da menina
que desce as escadarias fantasmas
órfãs da casa
que nós ~~não~~ demolimos
agarrando o irmãozinho por uma mão
e com a outra uma vasilha de plástico vazia
para enchê-la no ponto de distribuição

a 4$ o pote

nossa garganta ~~não~~ arde
de uma sede ardente mas de toda sede.

---

[*] A partir de uma foto de Massimo Berruti, da série "Gaza, eau miracle" (Gaza, água milagre).

[**] Deuteronômio 21:7 — "e declararão: Nossas mãos não derramaram este sangue, nem os nossos olhos viram quem fez isso".

Carro com égua*

"Colchões,
tanques de água baixados do teto,
roupas,
cobertores, portas e janelas arrancadas de suas dobradiças,
partes de armários,
camas desarmadas,
cadernos e livros escolares,
tábuas de lata e de amianto,
carrinhos de bebê,
geladeiras
e garrafas de gás.
Viam as mulheres sentadas na entrada da casa
como o carro rodava rumo ao norte,
aos bairros distantes das escavadoras."

Rafah, Faixa de Gaza.

---

* O título do poema é de uma canção hebraica dos anos 1940. O poema cita um artigo de Amira Hass, sobre a demolição de casas feita em Gaza pelo exército israelense, publicado no jornal Haaretz em 17 de maio de 2004.

Acalanto mutilado

A bebê que leva meu nome completou hoje dois meses e dois
dias e sem saber que nasceu no inferno enruga o narizinho
e cerra os punhos como fazem bebês em qualquer lugar.
Os seus quatro quilos e o bolo que o vovô não assou
pesam no meu coração.
Se eu enviar um ursinho para ela, ele afundará feito pedra.
A escama adiada traça os seus círculos. Eu subo,
meu pé está no convés, pânico e vergonha na minha cara.
A minha bebê ficou para trás.

Para Tal Ashraf Abu-Khattab, nascida em Gaza em 10 de maio, 2010.

ARRANCADO

À noite ele dirige-se a mim,
o rapaz do ônibus calcinado.
Arrancado, ele é-me arrancado
como lhe são arrancadas as mãos e as pernas,
e eu sou a sua mãe.
Uma palavra breve
                              mãe,
talvez parada na sua boca
quando o fogo o traga.
Toda a noite tento reconduzi-lo
à sua infância que encontrava
consolação nos meus beijos
de todos os seus pavores,
de todas as mágoas.
De manhã o pássaro rádio
voa duma viatura à minha janela
gritando vingança:
eles lançaram ou não,
um obus ou não,
sobre a cozinha ou sobre o quarto,
terceira geração ou quarta,
duas crianças (enfim o que é que eles lá faziam)
ou apenas uma mulher grávida,
um velho homem surdo ou um conquistador cego —
levanta-te, passa então
de pesadelo em pesadelo.

COBERTURA

>...debruço-me de noite sobre os filhos maus como sobre os bons,
>comuns no sono em que são meus.
>
>Fernando Pessoa, "O Livro do desassossego"

Nesta hora escura
todas as crianças são iguais.
Nesta treva basta a palavra "crianças"
para que se encolha de medo.
A boca do caminhão se escancara, Salima
Matria procura tesouros na imundície,
já estará enterrado no monte de lixo
cobertura, a mão busca os cobertores
enrolados em sua candidez,
cobertores que nem tinham caído.
Ahmed Zar'uma não subirá mais
no brinquedo do grande blindado,
seu coração agita-se no peito magro
sob o alvo do fuzil.
Assim, com os pulsos sobre a cabeça,
o amor está amarrado ao terror.

◆

D. bateu sua cabeça contra a pedra
porque às três da manhã
foi arrancada de seu sonho
algemada

D. bateu sua cabeça contra a pedra
porque a porta foi soldada
porque a maçaneta foi desencaixada
porque não havia porta

D. bateu sua cabeça contra a pedra
e recebeu três dons
e um grão de arroz envenenado
suficiente para muitos dias

D. bateu sua cabeça contra a pedra
porque o carcereiro só sabia dar
uma única resposta, porque ela não sabia
que dentro da pedra há outra pedra.

A Dareen Tatour

(Acalanto)

Imagina, toda vez que
fechas os olhos,
és esquecida por algum coração.

Imagina, toda vez que
adormeces, boba como criança,
és esquecida por algum coração.

Imagina, toda vez que
adormeces sem cisma sem defesa
sem medo, és esquecida por aquele
coração no qual querias ser lembrada.

Se

Se me dessem um animal de solidão
seria um flamingo.
Sua mancha rosada se vislumbraria de longe,
seus pés aparentemente hesitantes
traçariam um círculo ao meu redor
e seu pescoço fino acharia sempre
o ínfimo espaço
entre mim e qualquer outro
e se fecharia, fiel, no meu pescoço.

DMNT

Cada noite nomes e palavras alçam voo a partir da
mente de Íris,
estrelas desprendidas ao revés, um derradeiro lampejo,
desvanecem, como um sonho deslumbrado ao despertar.

É um erro, pensa Íris, um diagnóstico certeiro
não é meia cura (diagnóstico ainda não desapareceu),
ela vê, com precisão apavorante, o que ocorre

sem poder se salvar. Nossa Senhora das perdas,
das palavras arrebatadas, Nossa Senhora
das trevas.

Cada noite Íris míngua.
Numa casa do escuro subúrbio
cresce um bebê.

◆

A verdade e eu dividimos um apartamento.
Como eu me mudei primeiro
meu quarto é maior que o dela.
Como durmo tarde e ela
deita cedo
compartilhamos cada dia apenas
oito horas, metade
escuridão, metade luz.

Algumas manhãs ela
anseia por já me acordar, vacilando
no umbral enquanto eu
caio no vai-e-vem de sonho
em sonho, e seu pequeno
punho, erguido para golpear,
joga sobre a minha porta
uma trêmula sombra
de pássaro negro.

Resposta à tua pergunta

Foi a aflição mais longa que eu já vi.
A primavera se espremeu em verão e o verão
já perdia seu vigor
e a mesma escuridão ainda cobria tudo.
Como um alpinista invertido
descobri que debaixo de cada fundo
abre-se outro. Não,
falar não dá grandes prazeres e
não há quase mais nada pra descobrir:
você rema nos longos dias
como um autômato, reúne toda força
para a menor das demandas, percebe
que é teu somente teu, mais
do que tudo que já foi teu, sai
depois de três — ou quatro? — dias fechada
e se espanta com tanto ruído e luz.
Também te encaram espantados,
depois machucam. Ao meio-dia você
já se arrebata pela ânsia da noite,
uma hora dura um ano, você
pensa apenas em dormir, por fim
você desaba agradecida sobre a cama:
tua garganta amordaçada, mas
a pequena morte ainda se entrega,
sepulcro da vida cotidiana,
banho das lides dolorosas, bálsamo* —
como acabou? Simples,
como começou. Num dia súbito
isso te joga de novo na praia.
Uma brisa leve, a cor ao teu redor
se aclara, tuas pernas tremelicam na areia,
a língua volta pra você. Mas você não
esquece: esse olhar paciente
nunca te perde de vista.

---

* "sepulcro da vida cotidiana, etc." — Macbeth (trad. de Carlos Alberto Nunes).

❋

Toda vez que posso sair
eu cuido de observar as nuvens
porque suas cores não têm um nome que eu precise lembrar
porque para elas dá no mesmo quem comete o quê sob elas
porque elas voltam minha cabeça para trás
e afagam as minhas têmporas com as suas bordas
porque são rasgadas umas das outras e de si mesmas
sem dor nem culpa
porque elas não respeitam as fronteiras
ou a mentira dos céus
porque é impossível olhar a mesma nuvem duas vezes
portanto

eu olho as nuvens
toda vez que me permitem sair
para o pátio interno do imenso instituto
que se estende, dizem, até os confins da terra.

DE REPENTE

De repente eu despertei. Que susto. A escuridão era fechada e selada como se eu estivesse dentro de uma pasta negra. Fechei e abri os olhos e não havia diferença. O ruído ao redor sem começo nem fim, muitos chocalhos pequenos juntos. Não juntos: um atrás do outro. Um cai e outro cai e de novo muitos caem atrás dele. Água. Água caindo. Chuva! Chuva, finalmente eu me lembrei. Agora o barulho soava mais agradável e até parecia que o escuro clareara um pouco. Mas só parecia: ainda não podia ver nada. Onde estou. Comecei a apalpar. Deitei-me sobre algo duro, ele se moveu um pouco. Estendi a mão para fora dessa coisa e não havia nada lá, mas a mão adivinhou algo sob ela. Eu a baixei e ela afundou em algo frio e ondulado: água em volta, a água subia e descia. A água vai me cobrir. Comecei a tremer. Nesse momento despertaram muitas perguntas e começaram juntas a cantarolar, mas uma superou todas as demais: quem sou eu. Não me lembrava. Estava prestes a mergulhar e não tinha noção de quem era eu. Água cai e água sobe e não há resposta no escuro. Comecei a me apalpar, de cima. Cabeça, cabelo molhado. Olhos arregalados, nariz fino e reto, lábios. Pescoço, mamilos, barriga. Pinto. Por um momento não acreditei no toque da minha mão. Apalpei-o de novo: não tinha dúvida, pinto de verdade. Pau! Exclamei, eu sou macho! Virei-me para o lado e adormeci de novo ao som do murmúrio espesso, crescente, embalador, relaxante das gotas e das ondas.

> The wounded forms appear:
> the loss, the full extent
> *Leonard Cohen*

No estreito bote, nós dois.
Uma mulher empertigada como um corvo
e um menino de branco. Conosco vai o barqueiro,
com a cara de qualquer um.
O céu é de ferro compacto,
as águas têm a cor do ventre das sardinhas,
o reflexo do barco nelas é uma lâmina azul.
A podridão da Europa está em nossas narinas.

Se eu sou o menino tenho um gorro de marinheiro
e três pérolas de lágrimas na minha cara redonda
congelam-se rumo à ampla gola.
Se eu sou a mulher que oscila sobre ele
meus olhos não se prendem a margem nenhuma.
Minhas roupas não são de seda nem de lã
mas pintadas de preto
e as notas na minha carteira
são cartas escritas com tinta mágica:
num instante a verdade torna-se nada.

Se eu sou o menino eu sei apenas:
os dedos de meus pés estão petrificados de medo,
as águas têm uma boca grande.
Se eu sou a mulher, sob as flores do meu chapéu,
inchadas como medusas,
a voz que me diz, segura,
dentro do negro véu: sabe,
não terás descanso,
o pano será arrancado aos poucos da ferida,
de novo
      e de novo.

◆

Quem nasceu sem uma língua mãe
caminhará o resto da vida
em sua própria trilha.

Levará o seu porão na cabeça
sua casa não saberá
que é a casa dela.

Às vezes um pássaro morto
pousará aos seus pés
fingindo uma sedutora folha de outono —

A bala de outros tempos derrete em sua língua
o prego enferrujado ainda está em sua garganta
quem nasceu sem uma língua mãe
já não soltará a língua de menina.

◆

No caminho da escola pública ao colégio judaico no bairro de
San Martín,
na menina que desceu do ônibus
justamente quando um carro da academia militar deu a volta
a toda velocidade,
no oficial que freou e saiu e viu o que tinha cometido
e regressou ao carro e arrancou e se afastou
a toda velocidade,
no papel da apresentação de Hanukkah,
dobrado no bolso do avental branco
que enrubesceu,
nos pais que haverão de vender tudo
até os ossos da casa e do ateliê de costura
para calcificar os ossos da filha
e sobretudo no varredor de rua que correu o mais rápido que
podia
para recolher do solo os destroços da menina,
para agarrar como à corda de um globo
a menina de oito anos, minha mãe, Ester —
estou pensando hoje.

Em que terra (*fragmentos*)

♦

Eu não conheço todos os que amassam minhas faces, remexem meus cabelos, molham meu rosto de beijos. Este é um porto, o navio que se ergue sobre nós é igual a uma montanha, e ainda que faça calor vestiram-me com um casaco de capuz igual ao da Chapeuzinho Vermelho. Chocada, eu observo minha avó. Até hoje eu achava que só as crianças choravam.

♦

Esta é a primeira coisa que descobri sobre a cidade nova: os prédios são colados uns aos outros, uma peça só, como um bando de crianças que impedem o caminho a um garoto cercado na calçada. A segunda coisa: também chove no verão.

♦

Eu preparo a sentença na cabeça e verifico se lembro as palavras e se sou capaz de expressá-las todas da maneira correta (é preferível palavras sem R). A conversa já seguiu adiante.

♦

Olhos arregalados durante a siesta. O cobertor está apertado em mim e preso sob o colchão. Jamais ficarei tão desperta. Proibido levantar, protestar, falar alto, fazer-se ouvir. Proibido. Espero pelas quatro horas. De repente, um prego enferrujado no parapeito da janela. Eu o pego, coloco-o na língua. Engulo. Agora quero gritar, mas nenhuma voz me sai da garganta.

◆

Eu contenho o impulso, estendo as mãos. Não fosse a vizinha delatora que acenou para mamãe pela janela, e mamãe que correu da cozinha e me arrancou do peitoril do terraço, teria conseguido pular.

◆

Depois que todos os assuntos tinham sido espremidos até o fim, a conversa em volta da mesa morreu. Todos colam os olhos em mim, na criança. E esta criança é gaga e teimosa. Ela não os salvará.

◆

– E você lembra que uma vez entrou uma víbora no jardim de infância?
–Não. Eu tinha medo só dos meninos.

◆

Eu me sento na margem da piscina, agito os pés na água funda. Alguém me empurra para dentro. Talvez não tivesse empurrado caso soubesse que eu não sei nadar, penso, indo para baixo. Vou a pique até os dedos dos meus pés atingirem o fundo e então eu subo. Tiro a cabeça da água e sei que agora eu devo gritar "socorro!", antes de afundar de novo, mas esqueci em que país estou e em que língua eu preciso gritar.

A SONÂMBULA

Um juramento cujo sentido já escapou
me proíbe de cortar a minha dor,
desliza-se até o chão, inverte-se
o vestido do dia, é o vestido da noite.

Antes o receio de mamãe e papai batia
nas portas, sinalizando o limite
além do qual eu cairia. Agora
quando tudo silencia

ouve-se a eletricidade
voando, uivando nas paredes.

A ministra da solidão*

Do questionário à candidata:

Você cantarola consigo baixinho?
Baixo o suficiente para calar o tumulto do mundo?

O tempo para você é

    a. um exército de mercenários idênticos?
    b. uma camisola que dia após dia fica mais apertada?
    c. um espaço feito de sombras onde você gira invisível?
    d. bolhas acinzentadas enviadas uma a uma de uma fonte oculta?

Conhece* a essência da solidão,
a solidão dentro da solidão,
a pedra dos sós?

    *conhecer significa que a palpou,
    que pode descrever seu peso e sua cor,
    sua dureza.

Acontece que o espelho
se torna janela ante seus olhos,
refletindo eterno inverno?

Descreva, para concluir,
em que se assemelha sua solidão a uma mariposa
e em que se diferencia.

---

* Em 2018, a primeira ministra do Reino Unido nomeou uma ministra da solidão para enfrentar a "peste invisível" que aflige milhões no reino.

Um milímetro pra saída

Sem forçar os olhos, sem
sequer abri-los, posso vê-la
boiar de cara pra baixo,
a cabeça imersa no breu.

Ela largou os
adictos anônimos
por nunca conseguir dizer
meu nome é tal e tal e eu sou —

Nas marés
de um quarto estranho
ela vaga um milímetro
pra saída e volta um metro.

Como posso, assim sem peso,
trazê-la pro lado aceitável.
Salvá-la, escorraçá-la —
daria no mesmo.

Seu rosto

Há um animal que irrompe e sobe
nos meus ombros para daí saltar na água
como se a margem não lhe bastasse
como se os meus ombros fossem sua escada.

Portanto não conheço senão
seu peso fugaz
e o momento do seu mergulho
no negrume da água.

Possibilidades

— Digamos que você esteja deitado de lado, há muito tempo, daqui a pouco será novembro e você no mesmo lado, a face já lhe dói, também a orelha dói, o pescoço torto, as costelas apertadas e todo o seu corpo grita basta.
— Eu vou virar para o outro lado.
— Digamos que você não tem outro lado.

Isso

Agora isso tem
vida própria,
maligna vida própria,
o conhecido e o desconhecido
não têm domínio sobre ele,
e se for contido
voltará e irromperá, sempre
mais destrutivo,
agarrando mais forte com a mão
imaginária a garganta não imaginária,
e não há nada bastante claro
que separe isso
do que não é isso.
Às vezes não há nada
que não seja isso.

Tishrê[*]

Pelos ruídos abafados um a um
hoje é véspera de alguma festa.
Pelo leve enfraquecer do calor tirano,
folhas amarelas se arrastando entre as calçadas —
é uma dessas festas de outono.

Como pardais para o amanhecer
as vozes das crianças são empurradas para o silêncio.
Perda sobre perda acumulada.
Quem leva a sua angústia cravada como um caroço
mesmo o suave do toque da mão, um aceno de cabeça
à porta de um prédio, vai além de suas forças.

Debilitadas pelo verão, as ruas se estendem
como após um acesso de fúria, e se há
descanso em seu repouso, e se
há um murmúrio marinho em algum lugar,
que mão poderá pegá-lo.

Aquele cuja angústia teima dentro dele
rompe as teias das conversas errantes em seu trajeto,
caem-lhe moedas, destroços aos seus pés, perda
sobre perda.

---

[*] Tishrê (correspondente a setembro/outubro) é o primeiro mês do calendário hebraico. Nele se realizam as celebrações judaicas de Rosh Hashaná (Ano Novo) e Yom Kipur (Dia do Perdão).

Noturno

Gotas da noite no gramado, a lua
plana e pálida feito uma lenda de trama esmaecida

O exclamar dos pássaros é mais pungente e desesperado
na pausa da chuva, um piano vacila uma sonata na casa ao lado

E eu sou atirada de volta ao amor
à força, sem consulta.

Amor

Em pleno verão maligno
o quarto repleto
        do delicado outono.

Um quadro

Não é mais do que um poste de luz alaranjada,
no entanto cobre a janela
de um brilho como que de fábula com
um final diferente, penso

em tua pele que não sabe
ser acariciada sem acariciar,
em teus dedos feridos
de música e em teu calor

e dorme em minhas pupilas um quadro indelével:
um oceano de lonjuras, com sais
de lonjuras e tubarões de lonjuras e flutuam
acima nuvens de lonjuras

e um menino e uma menina,
cada qual em sua margem,
despertam com o mordisco do sol em seus rostos,
em suas vistas deslumbradas

e a candura se desfaz em suas bocas
feito terra.

♦

Acreditar que nos transformaremos em amor
é acreditar que um lenço se reencarna num coelho.
Então acreditarei no teu corpo.
Por que a tua pele é tão lisa, meu querido?

Por que os teus cabelos são tão longos e distantes?
Maior do que a fome por ti é o meu desejo
de ser tu: cortar o mundo
com uma lâmina de beleza.

Todos os equipamentos de navegação entre nós — o telefone,
o computador, o carro — caem um a um.
Extinguem-se as lâmpadas.
Esse escuro não queríamos.

Passaram-se três dias
e teu rosto já é imaginário,
como tinta descolorindo
numa velha casa de desamor.

TERNAS MANDÍBULAS

Terias devorado-me
certamente
se não ousaste somente mostrar-me
ternas mandíbulas
se eu não tivesse aceitado nada além da música
se não tivesse escutado as palavras
teria te possuído
insaciavelmente

É o crepúsculo do ardor
se empoçando nas quinas
só aquele que engatinha maravilhosamente
a possuirá
é assim, querido,
e o que persiste, destro, ao centro,
petrificado feito
um violoncelo, digamos,
em sua capa
no abrigo da poeira e do remorso,
escutará o tempo todo
o atroz clamor
do tempo.

A PRIMEIRA A ESQUECER

Tudo será apagado para trás. Finalmente
teu corpo pendendo sua altura sobre o piano,
tua cabeça para o lado, o quarto de sorriso,
camas e batentes abaixo da tua medida —
pelo caminho se perderão guindastes e armazéns
ao longo do rio, estátuas de touros e ferrugem,
aquelas ruas vazias até o espanto.

O que lá empurrou todo mundo para suas casas talvez
nos tenha atiçado um ao outro. O tempo era curto,
salobro, exigia o rápido —
deixa-me ser a primeira a esquecer, aonde formos
faremos doer. Minha retirada será mais longa que a tua,
no hotel barato o travesseiro sintético me expelirá
do sono, morderei teu nome

ou baterei minha cabeça noutro sonho? Pendendo
sobre mim, sobre o piano — não é preciso
que escrevas, deixa-me cerrar, ser a primeira,
de qualquer modo, ao sol forte quem poderá acreditar
nas palavras que subiam de nossas bocas pelo ar gelado,
como nuvens.

Fraqueza

E no instante em que de novo senti seu gosto eu soube
que o tempo amontoado entre nós foi inútil
que andei e andei sem distanciar nem um passo
que não tenho salvação desta fraqueza
e este veneno não tem recuperação
e não vou me curar dele inda que o queira com tudo
e não quero.

Atrás das árvores

> Why did you leave me lost in these woods?
> *Aleksandar Hemon*

Parece que quiseste me devorar
parece que lambeste meu corpo
quando adormeci sob a árvore,
e te foste.

O buquê destinado à lembrança
tomba na minha mão
aceso e apagado à luz dos relâmpagos
que branqueiam atrás das copas
e as folhas esplendem como olhos dourados.

É o teu olhar lupino que me faz andar
de um extremo a outro da floresta.
Há um sussurro mau na profundeza
enxertos de samambaias e criaturas aquáticas
toda a multidão da mata

mas o que amedronta sou eu
que sigo surda a todas as evidências
que gemem sob meus passos,
agarrando o buquê extinto
como bússola.

◆

No fim do sono do perigo das rachaduras que sobem pelas paredes
nas margens estreitas nas pausas delicadas nos poucos minutos
no espaço entre os meus meninos e a tua filha
graças ao código sussurrado
entre o aviso "ao refúgio" e o terremoto
da ponta dos meus pés tensos à tua cabeça curvada
acima do teu corpo sob a doce carga do amor
dentro do sino de oxigênio submerso
na chuva de propósito com as mãos abertas
do abrigo de inverno para as feras do verão
das minhas noites desfeitas até as tuas breves madrugadas
nas pausas delicadas nos poucos minutos nas margens estreitas

Troféu

A beleza do que jamais ocorrerá
o que se conservará intacto
perfeito para sempre —
ele se negou a escutar
não era essa a beleza que buscava

Estava disposto a ferir e ainda mais,
a ser ferido
a lutar por uma estrela longínqua
face aos minutos e seus frios olhares
a postar-se no peitoril armado com nada
a cobrir-se com a poeira do final
desde o início

Eu poderia fechá-lo na jaula
enredada do elevador
onde se veria obrigado a inclinar a cabeça
abandoná-lo no labirinto das portas estragadas
que conduzem cada uma a outra
escapar só com todo o troféu
todo o remorso —

O jardim se silenciou e cerrou seu aperto
enquanto no alto chiavam urgentes as gaivotas
quer dizer, chiavam como sempre ao anoitecer
só em nossos ouvidos começou a zumbir a urgência
do sim ou não

O mar se abriu a outro mar
e mais além a outros mares áridos
ao amargo verão e
a todo o remorso —

Não pude recusar aquelas presas tão afiadas
não tinha quase nada a dar —
Inclinei a cabeça
ofereci a veia de meu pescoço.

Tesouro

No inverno os guardas arrancaram o cobertor da
pele dos habitantes do jardim. Um deles não verá o dia.

Na primavera foram lançadas garrafas cegas
nas casas assinaladas, que se incendiaram.

À noite busquei refúgio em teu corpo
como um menino se abriga na amoreira.

Ouvir somente a tua respiração
apoiar-me em ti da cabeça aos pés e por um instante

não ver nuvens de veneno e de ocaso
acumulando-se pesadas.

Que mais te direi.

Que és na minha pobreza o tesouro oculto
que a mão deles não alcançará.

Que eu seja na tua pobreza o tesouro oculto
que o saber deles não alcançará.

O QUE ME PEDIRAM PARA LEVAR

Eu sou apegada a ele com a obstinação desesperada dos saudáveis e dos ingênuos. Ele, com cicatrizes sem conta de despedaçamentos e recomposições, de enriquecimentos e empobrecimentos, de uniões e separações e talhos na alma convulsa e na carne viva, concede-me com generosidade, ainda não por pena, todo o carinho que é capaz de produzir. Na sua casa branca eu sou a única mancha colorida, o único enfeite entre os objetos, todos com fim exclusivamente utilitário, e quando ele sussurra palavras de admiração sobre a minha beleza eu sei que sou um enfeite passageiro, e depressa estarei na entrada do aeroporto, uma das minhas mãos puxando a mala cujo conteúdo eu ignoro e a outra segurando pela mão o garoto tonto, estrábico, que lhe deixou a última mulher.

Sonho, 17.2.2011

Por exemplo

Enterraria meu rosto entre os peitos
do lutador de sumô. Esconderia-me
entre seus vales e montanhas.
E ele me recolheria sem amor e portanto
sem infligir dor. Sem compreensão e sem
o oposto da compreensão.
    E não beberia palavras da minha boca
        nem replicaria minha respiração
            nem veria em mim tal e qual rosto —
Dificilmente sentiria que entrei na sua carne.

Amanhã

No navio estavam pai e filho, e o filho amava seu bom pai. Certo dia o filho disse ao pai, esta noite vou ao navio de recreação me divertir. Disse-lhe o pai, não vá, o filho retrucou, vou e volto amanhã. Desceu do barco e foi para o navio de recreação, lá bebeu vinho espumante ao lado da piscina, e mulheres como sereias colaram-se ao seu corpo dentro d'água, e uma música suave acariciou seu rosto durante todo o dia e toda a noite, e as horas se passaram e o filho disse a si mesmo, isto é a felicidade. Como conhecera a felicidade sentiu o pulsar de seu coração, como sentiu seu coração lembrou-se do pai, como lembrou-se do pai, o sangue gelou em suas veias. Na hora desceu do navio de recreação e correu até o navio deles. O pai estava sentado no convés e seu rosto estava crivado de rugas e seus olhos muito fundos e tinha encanecido. O filho compreendeu que não havia passado horas e sim anos na outra embarcação e sofreu a dor do arrependimento. De agora em diante vou me preocupar todos os dias com meu velho pai, disse a si mesmo. Quem és tu? Perguntou-lhe o pai. Eu sou teu filho, respondeu-lhe. Eu não te conheço, sai do meu barco, disse o pai com voz tão fria e dura que o filho se levantou e cambaleando ao longo do convés desceu pela escada de cordas e se foi.

Sonho, 13.4.2011

A PERGUNTA

No rio largo e profundo feito o mar navegava um navio e as altas ondas estouravam nas amuradas, sacudindo-o e respingando pelo convés. Ao lado do parapeito estavam dois homens, o velho professor, mirrado, em trajes de linho branco, e seu jovem aluno, puro e prudente, o amado entre todos os seus alunos.

Disse-lhe o professor, se eu te dissesse que num minuto saltarás por tua própria vontade às águas tempestuosas, tu não acreditarias em mim, correto?

Logicamente, sorriu o jovem.

Eu não sei nadar, disse o professor num tom repentinamente frio e saltou na água.

E o jovem pulou atrás dele tão rápido que num olhar de relance parecia que ambos tinham saltado ao mesmo tempo.

Sonho, 6.1.2009

A LUZ

Não recordávamos se o barco navegava horas ou semanas, por vezes subindo ao céu sobre a ponta de uma onda gigante como se fosse o cume de uma montanha e por vezes deslizando pela ladeira até o abismo, por vezes avançando até um feixe de luz que capotava por uma greta das nuvens espessas como alcatrão e por vezes retrocedendo, cientes de que não nos era destinada essa luz celestial, sonhada, demasiado maravilhosa, enquanto alguns rezavam por suas vidas e outros imploravam para já morrer e depois de algumas horas ou semanas, cada um de nós esperava ansioso a rápida chegada da morte que vinha redimir dos tormentos do mar, mas também agarrava com todas as forças a carta de papelão na mão se desfazendo, a passagem dos viajantes para sair do porto.

Outro noturno

> En la ínfima desgarradura de cada jornada
> *Alejandra Pizarnik*

O arame cortante da lua
que curva como fosse pendurar nele uma lágrima,
a mancha alaranjada da luz da rua no chão,
o que se chamusca, ocioso e perigoso —

Uma xícara de chá, um figo e eu
classificamos melodias:
as que se podem suportar
e as que só uma alma vacinada poderá.

E além,
distante do refúgio doméstico,
o tormento cuja voz emudeceu
e já ninguém ouve —

Pode-se pois dizer isso e dizer
até sangrar.

Lamento

> "Hoje é o concerto em T. Espero que não chova. A viagem é longa."
> "Estamos em T. Cai um dilúvio. Não há ninguém na rua.
> Sozinhos. Logo tocaremos."
> S.T.

Na minha memória as ruas se estendem congeladas
e nós dois ainda caminhamos, instrumentos às costas,
as faces expostas e o ponto único de calor
acende-se entre nossos lábios diante do semáforo —
se a quantidade de matéria no mundo não se altera,
aonde foi tudo isso e como?
Havia em mim uma inocência indecente, crianças,
ele disse, se envergonhariam dela,
mas todo aquele que se humilhar como este menino,
esse será o maior no Reino dos Céus —
cai o dilúvio, o celo estremece entre as minhas coxas,
não há ninguém na rua e através da cortina de água
vejo aquele perambular pelo parque, a lama
exalava o frio, os extremos — nariz, ponta dos pés,
lóbulos, mamilos — congelavam-se primeiro
mas o ar parecia ouro, o abraço ainda sereno,
sem saber que foi decretado o seu fim —
a lembrança das coisas torna-se lembrança de lembranças,
uma serpente morde com fúria a própria cauda,
onde e como?
Tantos dias tenho tocado Bach e Brahms
nas catedrais dos cemitérios até que comecei
a ver os mortos, soube que é proibido parar
que se o arco cessasse tudo seria perdido
mas os rostos deles me pediram, os seus lábios se moveram
sem voz, como eu poderia negar
e como a minha palidez excedia a deles —
pérolas sobre veludo negro,
a coroa de flores pequeninas pica a minha testa,
sozinhos. Logo tocaremos.

A ANCA DO RIO

Os restos do inverno agarram-se aos ramos
com a obstinação de uma roupa de lã.
Vozes urgentes de cotovias

no ar da tarde — aligeirar tudo
do pequenino coração
antes do silêncio noturno.

No último raio de luz
uma nuvem de insetos
enlouquece.

◆

Sobre a colina que o rio contorna, atrás de álamos
e bétulas – ruínas de uma cabana,
pedras cobertas de veludo.
Mesmo que não ofereçam amparo a animal algum

nestas terras chuvosas —
(o teto sempre cai primeiro)
verde-esmeralda deus fictício nenhum
seria capaz de lavrar.

Tordos saem e entram pela memória
das janelas e se ensopam até os ossos finos,
a beleza se entrega até tentarmos agarrá-la:
escapa então como a sombra de um esquilo entre os troncos.

◆

As pontas dos pinheiros estão cravadas
na mancha de tinta
que se alastra pelo céu.
Uma silhueta se recorta sobre o fundo da nuvem:
um melro valente se empoleira
no cume do pinheiro

e voa,
seguido por um rastro de trinados.
O mundo tagarela consigo mesmo.
Não há nada a dizer,
não há ninguém para ouvir.

◆

Não se lembre da fervura,
não admita sua existência,
nem a do mundo dos humanos.
Não se afaste da anca do rio.

Aspire o cheiro de cebola das flores,
o esvoaçar das andorinhas em fuga,
a diagonal da cicatriz no tronco,
o musgo que estofa um banco de pedra,
as pegadas das gazelas no lodo —
e não expire.

◆

Chuva, como confete,
flutua de um lado para o outro,
o canto de pássaros invisíveis
nela se dissipa como um véu —

a beleza, como sempre, carece de sentido e propósito.
A hóspede do sótão regressará a seu país árido
e será esquecida, outra se sentará diante da janela
e, como ela, não conseguirá tirar seus olhos da chuva

recortada pelos doze quadros do painel;
como ela, não acenderá a luz
para não desfazer seu cinza encanto;
deixará seu livro

e escutará. Assim, eco anterior à voz,
irrompe a angústia do adeus.

Hawthornden, Escócia, maio de 2018.

Empobrecida

Enquanto não escreves algo
talvez sequer tenha acontecido

Logo crerás que todo o escrito
aconteceu de verdade

Tua história se traça com uma mão
tua vida se apaga feito nevoeiro sob um sol desmedido

Vastos cômodos aguardam tuas palavras,
despovoados

Tua voz se espanca nos muros e volta a ti distinta,
temerosa como a de uma menina

Para onde foram todos?
Estão todos na praça, festejando

Acalma-te, quem nunca foi teu
não poderá jamais te abandonar

Abres o teu caminho através de
oferendas, todo o desnecessário

sussurrado até ti
como drogas

até o fim da noite entregarás
os segredos mais ocultos a completos desconhecidos.

Vazio de nós

> Depois de mim nada voltará a ser como era,
> porque sempre dói meu coração, só o coração.
>
> Sirkka Turkka

◆

Essas árvores estendem suas folhas até o oitavo andar, agitam-se de uma janela a outra como mãos vermelhas e amarelas, de um cômodo a outro a memória é pisoteada, há momentos que súbito justificam todo o corpo, aquela mágica invenção, coxas, pescoço, toda a extensão do ventre, mas, como aos animais, a tristeza também cobre-nos após o amor, ao contrário deles sabemos por quê (isso já se escreve em outro povoado, pequeno, íngreme).

◆

Encanta-me a graça que têm os ricos ao falar com a gente, como se esforçam para compreender a estranheza de nosso mundo, nos ocultam a distância entre eles e nós, nos agradecem por deixar a gente sentar às suas mesas, nos embriagam gentilmente, mostram-nos com orgulho suas coleções de esculturas no jardim que se estende até às montanhas, até desaparecer seu confim. "Você está hospedada, talvez, numa das minhas casas?", me perguntou o homem rico. "Não sei", disse. "Provavelmente."

◆

Disse boa noite, dei um beijo, saí do carro. O recepcionista, um senhor de idade, me esperava ali como se soubera, seus olhos luziam enormes atrás das lentes grossas. Caminhamos juntos costa abaixo. Contou-me que dois cavalos irromperam nos jardins do hotel essa noite e que demorou muito para afugentá-los. O cheiro da noite, que é o cheiro de madeira queimada, tinha se misturado com o de suor e esterco.

◆

Adormecemos, tua respiração na minha nuca. De madrugada, despertamos sobressaltados pelo frio que se escorreu entre nós como uma terceira pessoa, sem conseguir recordar se estávamos na Europa ou se era o frio da noite tropical. Você se vestiu com meu corpo e levou minha mão ao teu peito, pressionando quase dolorosamente — como se tivesse para onde ir. Mesmo assim, os instantes passam e não há defesa.

◆

Porque ao fim e ao cabo sempre estamos sós, me disse uma vez alguém a quem já esqueci. Se você não me toca, não te tocarei, digo ao estranho inseto, uma das criaturas deste lugar, que entrou no quarto.

◆

Na escuridão, alguém — um cão, um pássaro, um menino — lança um comprido gemido que atravessa a janela.

◆

(Isto já se escreve em outro povoado, pequeno, íngreme, encravado de igrejas brancas. Se me pusesse em um dos cimos dos arredores, poderia contemplar o futuro, vazio de nós.)

Quarto Número 10

Na primeira noite não dormi porque como vai se defender uma pessoa deitada de costas.

Na segunda noite não dormi porque o ar perdia o ar rumo a mim.

Na terceira noite não dormi porque todos os cachorros do vilarejo começaram a reclamar algo com insistência.

Na quarta noite não dormi porque foi outro que o encontrou, no interior de um pesado sino, este sonho que sempre desejei para mim.

Na quinta noite não dormi porque os seis grandes anjos frouxos que vi na igreja zumbiam no quarto, famintos pelo meu sangue.

Na sexta noite não dormi porque o cão da pata quebrada, o que estava no caminho, seguia ali quando regressei, como um sinal, com sua patinha colada ao ar e seus olhos colados a mim.

Na sétima noite não dormi porque o céu se pôs verde que nem uma garrafa.

Na oitava noite não dormi porque empurraram um menino que caiu de joelhos e não gritou ou gritou e não escutaram.

Na nona noite não dormi porque não tinha a confortável poltrona de Matisse estofada em veludo vermelho e não me importei e estava sentada contemplando por uma hora as cortinas que ondulavam na brisa e nada aconteceu e não me importei e não tinha um guarda-chuva firme que não se vira por qualquer vento e não me importei e alguém retorceu minhas palavras nas mãos uma a uma e não me importei e não sabia quando nesta vida ouviria novamente a doçura daquela música antes de morrer como todos os outros e me importei.

O ponto da ternura

> ...at the hour when we are
> trembling with tenderness
> lips that would kiss
> form prayers to broken stone.
> *T.S. Eliot*

Aqui é onde mora a ternura.
Ainda que o coração, em seu silêncio,
afundou pela cidade feito pedra —
saiba que este é o ponto da ternura.

Segura minha mão neste mundo.
Vi uma mãe falando ódio a seu filho,
exterminando com palavras.
Vi um prédio ruir a pó,
devagar, piso por piso —
como precisamos de piedade,
como precisamos de alívio.

O cair da noite numa nuca não beijada
vai além da cura: para toda asfixia, de toda garganta, só há um remédio.
Vê, simplesmente, é o ponto.

Assim

O gato escapando em um perfeito arco
sobre a cerca, as crianças, rindo atrás do muro,
não saberão como a dor ataca
como uma voz que incessantemente lamentava,
e de repente é ouvida.
Que brava paciência
teve o frágil professor de piano, como,
quando os demais o deixaram um por um,
olhar para baixo, eu permaneci a última
pela música, ou pela fragilidade,
as mãos ainda apertam o livro
quando os olhos se fecham,
assim deve-se preservar o amor
porque, como uma estrela, ele nos abriga nas noites
mesmo morto.

DIAS FECHADOS

A manhã se abre a uma escuridão contundente como alcatrão
e as pálpebras tremem dentro de um mundo em tremor,
o olhar se bate novamente dentro do crânio
e uma voz nele repete salve-se, salve-se

É de manhã e todas as palavras súbito são cinzas,
esbarram agarradas a seu sentido até
o gemido, como no primeiro dia,
ouve-se só um golpe de asa afastando-se

Que fazer com este dia, que faremos
com o nunca mais, sem defesa
frente ao inimigo dentro da própria casa,
o próprio corpo. A manhã se abre à escuridão

como se estivéssemos sepultados vivos no fundo de um poço
e a solidão feito um bandido implacável
retornará mascarada e com novo nome
desta vez para ficar.

Março, 2020.

•

O santo fraco, esquecido, de coração terno
omitido da lista de santos nas escrituras
cuja voz não é ouvida
que não fala a língua
(onde quer que vá, ele não fala a língua)
cuja aura é desbotada
cujos pés afundam na neve manchada
cuja voz não é ouvida
que sufoca nas volutas de fumaça
que recua, assustado, enquanto as bombas explodem
que se agarra a um galho queimado com medo de cair
cuja voz não é ouvida quando implora
pelos pequenos corpos, pelas almas
das crianças de Mariupol.

Atlântida

Um pátio coberto com apenas uma roseira no canto
Um negro focinho e latidos raivosos através da roupa colada
Uma gata torta sobre o muro, seu olhar ansioso
Uma pilha de vestimentas na calçada à espera de ser recolhida
A escuridão que, rápida, desce
Uma lâmpada econômica na janela atrás da passiflora
Um rosto iluminado pelo brilho azul de uma tela
Uma menina de bicicleta chorando por uma mãe que não espera
Duas outras, a pequena carregada a tiracolo pela irmã —

Todos vocês eu já vejo embaixo d'água.

Tal Nitzán, uma das mais importantes figuras da literatura hebraica contemporânea, é poeta, romancista, tradutora e editora. Recebeu diversos prêmios por sua obra literária, entre os quais destacam-se o Prêmio Mulheres Escritoras, o Prêmio Ministro da Cultura de Israel para Jovens Poetas e Livro de Estreia, os Prêmios de Poesia da Universidade Hebraica e da Universidade Bar-Ilan e o Prêmio do Primeiro Ministro de Israel para Escritores. Publicou sete livros de poesia, dois romances, uma coletânea de contos e seis livros infantis, editou duas antologias de poesia latino-americana e uma de poesia política hebraica (também publicada na Espanha, França e Estados Unidos). Adaptou ainda versões do romance *Dom Quixote* e peças de Shakespeare para jovens leitores.

Seus poemas foram traduzidos para mais de vinte idiomas, e quatorze antologias de sua poesia foram publicadas em francês, inglês, alemão, italiano, lituano, português e espanhol.

Depois de se estabelecer como uma das principais vozes poéticas de sua geração, Tal Nitzán publicou seu primeiro romance, *Todas as crianças do mundo* (2015), com grande aclamação da crítica literária. Seu segundo romance, *A última passageira* (2020), está em processo de adaptação para uma série de TV.

Tal Nitzán é a maior tradutora de literatura hispânica para o hebraico, sendo o seu trabalho de tradução reconhecido através de importantes prêmios como o Prêmio Tchernychevski de Tradução e a Medalha de Honra da Presidência do Chile por suas versões em hebraico dos poemas de Pablo Neruda.

Traduções

Vê
Moacir Amâncio

"Dos confins da cidade"
Luiz Gustavo Carvalho & Tal Nitzán

"Já conheces o caminho"
Luiz Gustavo Carvalho & Tal Nitzán

A terceira criança
Flavio Britto

Outro passo
Moacir Amâncio

História curta
Moacir Amâncio

Duas casas
Luiz Gustavo Carvalho & Tal Nitzán

Noite
Moacir Amâncio

Instruções
Guilherme Gontijo Flores

Tarde e menininha
Flavio Britto

O canário
Luca Argel & Tal Nitzán

Montanhesco
Guilherme Gontijo Flores

Quatro rapazes, talvez cinco
Luiz Gustavo Carvalho & Tal Nitzán

Graça
Luca Argel & Tal Nitzán

Rua Ibn Gabirol. Tamuz. Futuro do Indicativo
Guilherme Gontijo Flores

No tempo da cólera
Maria Teresa Mota

Coisa silenciosa
Moacir Amâncio
Khan Yunis
Moacir Amâncio
Poços
Luiz Gustavo Carvalho & Tal Nitzán
Carro com égua
Luiz Gustavo Carvalho & Tal Nitzán
Acalanto mutilado
Moacir Amâncio
Arrancado
Maria João Cantinho
Cobertura
Moacir Amâncio
D. bateu sua cabeça
Luiz Gustavo Carvalho & Tal Nitzán
(Acalanto)
Moacir Amâncio
Se
Luiz Gustavo Carvalho & Tal Nitzán
DMNT
Luiz Gustavo Carvalho & Tal Nitzán
"A verdade e eu"
Luiz Gustavo Carvalho & Tal Nitzán
Resposta à tua pergunta
Guilherme Gontijo Flores
"Toda vez que posso sair"
Moacir Amâncio
De repente
Moacir Amâncio
"No estreito bote"
Moacir Amâncio
"Quem nasceu sem uma língua mãe"
Moacir Amâncio
"No caminho da escola pública"
Luiz Gustavo Carvalho & Tal Nitzán

Em que terra
Moacir Amâncio
A sonâmbula
Moacir Amâncio
A ministra da solidão
Luiz Gustavo Carvalho & Tal Nitzán
Um milímetro pra saída
Guilherme Gontijo Flores
Seu rosto
Luiz Gustavo Carvalho & Tal Nitzán
Possibilidades
Moacir Amâncio
Isso
Moacir Amâncio
Tishrê
Moacir Amâncio
Noturno
Moacir Amâncio
Amor
Moacir Amâncio
Um quadro
Luiz Gustavo Carvalho & Tal Nitzán
"Acreditar que nos transformaremos em amor"
Moacir Amâncio
Ternas mandíbulas
Luiz Gustavo Carvalho & Tal Nitzán
A primeira a esquecer
Moacir Amâncio
Fraqueza
Moacir Amâncio
Atrás das árvores
Moacir Amâncio
"No fim do sono"
Moacir Amâncio
Troféu
Luiz Gustavo Carvalho & Tal Nitzán

Tesouro
Moacir Amâncio
O que me pediram para levar
Moacir Amâncio
Por exemplo
Luca Argel & Tal Nitzán
Amanhã
Moacir Amâncio
A pergunta
Moacir Amâncio
A luz
Luiz Gustavo Carvalho & Tal Nitzán
Outro noturno
Moacir Amâncio
Lamento
Moacir Amâncio
A anca do rio
Luiz Gustavo Carvalho & Tal Nitzán
Empobrecida
Luiz Gustavo Carvalho & Tal Nitzán
Vazio de nós
Luiz Gustavo Carvalho & Tal Nitzán
Quarto Número 10
Luiz Gustavo Carvalho & Tal Nitzán
O ponto da ternura
Flavio Britto
Assim
Luiz Gustavo Carvalho & Tal Nitzán
Dias fechados
Luiz Gustavo Carvalho & Tal Nitzán
"O santo fraco"
Luiz Gustavo Carvalho & Tal Nitzán
Atlântida
Luiz Gustavo Carvalho & Tal Nitzán

Foto capa: **Antanas Sutkus** | *No Mar Báltico*. Giruliai, 1972

Editora Ars et Vita

Ars et Vita Ltda.
Av. do Contorno, 7041-101. Lourdes - CEP: 30.110-043
Belo Horizonte, MG - Brasil
www.arsetvita.com

Copyright © Editora Ars et Vita Ltda., 2022
Poemas © Tal Nitzán, 2022
Traduções © Moacir Amâncio, Luiz Gustavo Carvalho, Guilherme Gontijo Flores, Flavio Britto, Luca Argel, Maria João Cantinho, Maria Teresa Mota, Tal Nitzán, 2022

Foto Capa © **Antanas Sutkus**

Foto Autora © **I. Canetti**

Título
Atlântida

Revisão
Luiz Gustavo Carvalho e Lolita Beretta

Capa, projeto gráfico e editoração eletrônica
Marcello Kawase

2ª edição - 2024

Impressão: Midiograf Gráfica e Editora Ltda.
Tiragem: 1.000 exemplares
Tipografia: Minion Variable Concept
Papel: Pólen natural 80 g/m²